꽁지가 닷 발, 주둥이가 닷 발이나 되는
큰 새가 누이동생을 물어 갔어요.
과연 오빠는 누이동생을 구할 수 있을까요?

추천 감수_ 서대석

서울대학교와 동 대학원에서 구비문학을 전공하고 문학박사 학위를 받았습니다. 한국구비문학회 회장과 한국고전문학회 회장을 지냈으며, 1984년부터 지금까지 서울대학교 인문대학 국어국문학과 교수로 재직 중입니다. 〈한국구비문학대계〉 1-2, 2-2, 2-6, 2-7, 4-3 등 5권을 펴냈으며, 쓴 책으로 〈구비문학 개설〉, 〈전통 구비문학과 근대 공연 예술〉, 〈한국의 신화〉, 〈군담소설의 구조와 배경〉 등이 있습니다.

추천 감수_ 임치균

서울대학교 대학원에서 고전소설 연구로 문학박사 학위를 받고 현재 한국학중앙연구원 한국학대학원 어문예술계열 교수로 재직 중입니다. 한국학중앙연구원에서 문헌과 해석 운영위원으로 활동하고 있으며, 고전소설의 대중화 방안을 연구하여 일반인들에게 널리 알리는 일에 앞장서고 있습니다. 쓴 책으로 〈조선조 대장편소설 연구〉, 〈한국 고전소설의 세계〉(공저), 〈검은 바람〉 등이 있습니다.

추천 감수_ 김기형

고려대학교와 동 대학원에서 구비문학을 전공하고 문학박사 학위를 받았습니다. 현재 고려대학교 문과대학 국어국문학과 부교수로 판소리를 비롯한 우리 문학을 계승 발전시키기 위해 노력하고 있습니다. 쓴 책으로 〈적벽가 연구〉, 〈수궁가 연구〉, 〈강도근 5가 전집〉, 〈한국의 판소리 문화〉, 〈한국 구비문학의 이해〉(공저) 등이 있습니다.

추천 감수_ 김병규

대구교육대학을 졸업하고 한국일보 신춘문예에 동화가, 중앙일보 신춘문예에 희곡이 당선되면서 작품 활동을 시작했습니다. 대한민국문학상, 소천아동문학상, 해강아동문학상 등을 수상했으며, 현재 소년한국일보 편집국장으로 재직 중입니다. 쓴 책으로 〈나무는 왜 겨울에 옷을 벗는가〉, 〈푸렁별에서 온 손님〉, 〈그림 속의 파란 단추〉 등이 있습니다.

추천 감수_ 배익천

경북 영양에서 태어났습니다. 1974년 한국일보 신춘문예에 동화가 당선되었고, 〈마음을 찍는 발자국〉, 〈눈사람의 휘파람〉, 〈냉이꽃〉, 〈은빛 날개의 가슴〉 등의 동화집을 펴냈습니다. 한국아동문학상, 대한민국문학상, 세종아동문학상 등을 받았으며, 현재 부산 MBC에서 발행하는 〈어린이문예〉 편집주간으로 일하고 있습니다.

글_ 박청호

부산에서 태어나 중앙대학교 문예창작학과를 졸업하고 동 대학원에서 박사 학위를 받았습니다. 1992년 동아일보 신춘문예에 희곡, 조선일보 신춘문예에 시가 당선되었으며, 현재 국립 순천대학교 문예창작학과 교수로 재직 중입니다. 쓴 책으로 소설집 〈단 한 편의 연애 소설〉, 〈질병과 사랑〉, 〈벚꽃 뜰〉, 장편 소설 〈사흘 동안〉, 시집 〈치명적인 것들〉 등이 있습니다.

그림_ 정은희

중앙대학교에서 한국화를 공부하고 한국 일러스트레이션학교(HILLS)에서 일러스트레이터 과정을 수료했습니다. 현재 프리랜스 일러스트레이터로 활동하고 있으며, 그린 책으로 〈여정〉, 〈해와 달이 된 오누이〉, 〈색깔 없는 세상은 너무 심심해〉, 〈슬픔아, 안녕?〉 등이 있습니다.

소년한국 우수어린이 도서수상

〈말랑말랑 우리전래동화〉는 소년한국일보사가 국내 최고의 도서 제품을 선정하여 주는 우수어린이 도서를 여러 출판사의 많은 후보작과의 치열한 경쟁을 뚫고 수상하였습니다.

말랑말랑 우리전래동화

⑱ 효도와 우애

꽁지 닷 발 주둥이 닷 발

발 행 인 박희철
발 행 처 한국헤밍웨이
출판등록 제406-2013-000056호
주　　소 경기도 성남시 분당구 금곡동 444-148
대표전화 031-715-7722
팩　　스 031-786-1100
편　　집 이영혜, 이승희, 최부옥, 김지균, 송정호
디 자 인 조수진, 우지영, 성지현, 선우소연
사진제공 이미지클릭, 연합포토, 중앙포토

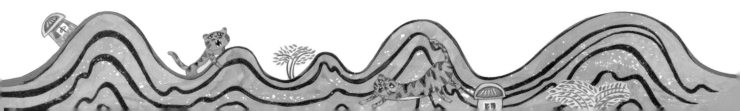

꽁지 닷 발 주둥이 닷 발

글 박청호 그림 정은희

한국헤밍웨이

아주 먼 옛날, 산골짜기 외딴곳에
어머니와 오누이가 살았어.
어느 날 어머니는 이웃 마을에 일하러 가고,
오빠는 서당에 가고, 누이동생만 집에 있을 때였어.
갑자기 하늘에서 꽁지가 닷 *발이나 되고,
주둥이가 닷 발이나 되는 커다란 새가 나타나서
누이동생을 물어 가 버리는 게 아니겠어?

*발 : 한 발은 두 팔을 양 옆으로 펴서 벌렸을 때 한쪽 손끝에서 다른 쪽
　　 손끝까지의 길이를 말해요.

그날 저녁이었어.
"꽁지가 닷 발이나 되고, 주둥이도 닷 발이나 되는 새가
네 누이동생을 물고 날아가 버렸지 뭐냐."
이웃집 아주머니의 말을 들은 오빠는 깜짝 놀랐어.
"어머니, 제가 누이동생을 꼭 찾아오겠어요."
날이 밝자, 오빠는 길을 나섰지.

한참을 가다 보니 농부가 모내기를 하고 있었어.

오빠는 농부에게 다가가 물었어.

"혹시 이 근처에서 꽁지가 닷 발이나 되고,

주둥이도 닷 발이나 되는 새가 지나가는 걸 못 보았나요?"

"이 모를 심어 *추수까지 해 놓으면 가르쳐 주지."

오빠는 부지런히 논에 모를 심어 추수까지 마쳤어.

농부가 품삯으로 볏단을 한 짐 주며 말했어.

"저 개울가에 있는 아낙네에게 물어보게."

*추수 : 가을에 익은 곡식을 거두어들이는 것을 말해요.

오빠는 개울을 건너가 빨래하는 아낙네에게 물었어.
"혹시 꽁지가 닷 발, 주둥이가 닷 발이나 되는
큰 새가 지나가는 걸 못 보셨나요?"
"검은 빨래가 희게 될 때까지 빨아서 말리고,
풀을 먹여 다려서 개켜 놓으면 가르쳐 주지."
오빠는 시키는 대로 일을 했어.
아낙네가 품삯으로 밤송이 열 개를 주며 말했어.
"저기 날아가는 까마귀한테 물어보면 가르쳐 줄 거야."

오빠는 날아가는 까마귀를 얼른 쫓아가 물었어.
"까마귀야, 혹시 꽁지가 닷 발, 주둥이가 닷 발이나 되는
큰 새가 지나가는 걸 못 보았니?"
그러자 까마귀가 말했어.
"구더기를 한 소쿠리 잡아 씻어 놓으면 가르쳐 주지."
오빠는 구더기를 한 소쿠리 잡아 씻어서 까마귀에게 주었어.
까마귀는 깃털 하나를 뽑아 주며 말했어.
"이 깃털을 후 불어서, 날아가는 곳으로 가 봐."

오빠는 깃털을 후 불고는 얼른 쫓아갔어.
한참을 가니 커다란 기와집이 나왔어.
오빠는 숨어서 가만히 주변을 엿보았어.
저 멀리 누이동생이 청소를 하는 모습이 보였지.
반가운 마음에 누이동생을 부르려는데, 큰 새가 나타났어.
"아이고, 배고파. 떡을 쪄 먹을까,
죽을 쑤어 먹을까, 밥을 해 먹을까?"
큰 새는 어기적어기적 부엌으로 향했어.

"그래, 오늘은 쫄깃쫄깃한 떡을 쪄 먹어야겠군."
큰 새는 커다란 절구통에 찹쌀을 넣고 쿵더쿵 찧더니
가루를 큰 시루에 넣고 푹 쪄 냈어.
"가만, 떡을 썰 칼이 없네."
큰 새가 칼을 빌리러 간 사이에
오빠는 떡을 모조리 먹어 치워 버렸어.
그런 다음 대들보 위에 얼른 숨었지.

칼을 빌려 온 큰 새가 입맛을 쩝쩝 다시며 시루를 열었어.
그랬는데 이게 웬일이야?
시루 안에 있어야 할 떡이 감쪽같이 사라졌네.
"내 떡! 내 떡이 어디로 갔지?"
큰 새는 절구통을 들었다 놓았다,
시루를 들었다 놓았다, 떡을 찾아 헤맸어.

"내 떡을 훔쳐 먹은 게 너지?"
*여물을 먹던 송아지는 떡 싫어한다며 펄쩍!
문 밖에서 놀던 강아지는 떡 구경도 못 했다며 펄쩍!
마당에 나온 암탉은 콩고물도 못 봤다며 펄쩍펄쩍!
"그럼 여기 있던 떡이 하늘로 솟았나, 땅으로 꺼졌나?"
큰 새는 이리저리 떡을 찾아다니다가
쫄쫄 굶은 채로 잠이 들었어.

*여물 : 말이나 소를 먹이기 위해 말려서 썬 짚이나 마른풀이에요.

이튿날, 큰 새는 눈을 뜨자마자 부엌으로 갔어.
"아이고, 배고파. 오늘은 죽을 쑤어 먹어야지."
큰 새는 솥에 쌀과 물을 넉넉하게 넣고 죽을 쑤었어.
"가만, 죽을 풀 국자가 없잖아. 국자를 빌려 와야지."
큰 새가 나간 사이, 오빠는 죽을 몽땅 먹어 치웠어.
그런 다음 얼른 대들보 위에 숨었지.

국자를 빌려 온 큰 새가 입맛을 쩝쩝 다시며 솥을 열었어.
그랬더니 이게 웬일이야?
솥 안에 있어야 할 죽이 감쪽같이 사라져 버린 거야.
"내 죽! 내 죽이 어디로 갔지?"
큰 새는 솥뚜껑을 들었다 놓았다,
솥을 들었다 놓았다, 죽을 찾아 헤맸어.

"내 죽을 훔쳐 먹은 게 너지?"
연못을 헤엄치던 금붕어는 죽 구경도 못 했다며 펄쩍!
지붕 위의 고양이는 아래로 내려간 적 없다며 펄쩍!
들판에서 풀 뜯던 염소는 죽 못 먹는다며 펄쩍펄쩍!
"그럼 여기 있던 죽이 하늘로 솟았나, 땅으로 꺼졌나!"
큰 새는 이리저리 죽을 찾아다니다가
쫄쫄 굶은 채로 잠이 들었어.

다음 날 아침 일찍, 큰 새는 부리나케 부엌으로 갔어.
"아이고, 배고파. 오늘은 밥을 해 먹어야지."
큰 새는 커다란 솥에 쌀을 넣고 밥을 지었어.
"가만, 밥을 풀 주걱이 없네."
큰 새가 주걱을 빌리러 간 사이,
오빠는 얼른 밥을 먹어 치우고 대들보 위에 숨었지.

주걱을 빌려 온 큰 새가 입맛을 쩝쩝 다시며 솥을 열었어.
정말 귀신이 곡할 노릇이야.
솥 안에 있어야 할 밥이 감쪽같이 사라졌지 뭐야.
사흘 동안이나 굶은 큰 새는 화를 낼 기운도 없었어.
큰 새는 바닥에 엎드린 채 잠이 들었지.

새가 잠이 들자,
오빠는 밤송이를 꺼내 아래로 던졌어.
큰 새는 잠결에 따끔따끔한 걸 느끼며
벌레가 무나 생각했지.

오빠가 계속 밤송이를 던지자
큰 새는 비틀비틀 일어나 빈 가마솥 안으로 들어갔어.
그러고는 다시 잠을 자기 시작했지.

오빠는 급히 볏단에 불을 지펴 아궁이에 넣었어.
타닥타닥 불이 타 올랐지.
결국 꽁지 닷 발, 주둥이 닷 발 되는 큰 새는
옴짝달싹 못하고 죽고 말았어.
지혜로운 오빠는 누이동생을 데리고 집으로 돌아와
행복하게 오래오래 잘 살았대.

꽁지 닷 발 주둥이 닷 발 작품해설

〈꽁지 닷 발 주둥이 닷 발〉 이야기는 괴물을 물리치고 공주나 아내, 또는 누이동생을 구해 내는 전형적인 유형의 '영웅 설화'이며, 모기의 유래담입니다.

옛이야기 중에는 해결하기 어려운 과제를 내고, 주인공이 그것을 풀어 가게 하는 형식의 이야기가 많습니다. 〈꽁지 닷 발 주둥이 닷 발〉도 그런 이야기 가운데 하나입니다. 옛이야기가 이런 형식을 띄는 것은 꿈을 실현하려면 어려움이 뒤따르고 그것을 해결해야 원하는 것을 이룰 수 있음을 말해 주기 위해서입니다.

이 이야기는 어느 날 누이동생이 꽁지가 닷 발이나 되고, 주둥이도 닷 발이나 되는 큰 새에게 붙잡혀 가면서 시작됩니다. 오빠는 누이동생을 구하기 위해 큰 새를 찾아가는 과정에서 온갖 어려움을 겪습니다.

고생 끝에 꽁지 닷 발 주둥이 닷 발 되는 새가 사는 곳을 찾아낸 오빠는 삼 일 동안 큰 새가 만들어 놓은 음식을 몰래 먹습니다. 큰 새는 자기가 먹으려고 만들어 놓은 음식이 사라지자 성이 나서 소와 개, 닭, 염소 등을 다그칩니다. 그러나 끝내 먹을 것을 찾지 못하고 잠이 들지요.

이렇게 이야기가 똑같은 구조로 세 번씩 반복되는 것은 내용을 기억하기 쉽게 하고, 말을 하는 사람이 능숙한 화술로 한층 재미있게 이야기를 꾸며 나갈 수 있도록 한 장치입니다. 반복을 거듭하면서 점점 고조되어 가는 이야기는 듣는 사람에게 흥미를 불러일으키지요.

오빠는 고난과 시련을 겪으며 성장하여 마침내 꽁지 닷 발 주둥이 닷 발 되는 새를 물리치고 누이동생을 데려옵니다.

이 이야기는 주인공이 난제를 해결하기 위해 끝까지 노력하는 모습을 통해, 아무리 힘들고 어려운 일이라도 지혜와 용기를 가지고 노력하면 목적을 이룰 수 있다는 희망을 갖게 합니다.

꼭 알아야 할 작품 속 우리 문화

대들보

우리 조상들이 살던 집은 만드는 방법이 지금과 많이
달랐어요. 큰 기둥을 세우고 기둥과 기둥을 대들보로
이어 천장을 떠받쳤어요. 기둥과 대들보가 튼튼해야
집이 무너지지 않고 오랫동안 견딜 수 있기 때문에
목수들은 아주 단단한 나무로 대들보를 만들었지요.

모내기

벼의 어린 싹을 모라고 해요. 모내기는 모를 못자리에
서 논으로 옮겨 심는 것을 말해요. 예전에는 사람이 직
접 모를 논에 옮겨 심었어요. 혼자서 넓은 논에 모내
기를 할 수 없어서 동네 사람들이 모여 일을 거들었지
요. 하지만 요즘은 기계를 이용해 모내기를 해요.

원두막

밭에 심어 기르는 참외, 오이, 수박 따위를 통틀
어 '원두' 라고 해요. 옛날에는 아이들이 남의 밭
에 몰래 들어가 참외나 수박 같은 것을 훔쳐 먹곤
했어요. 이것을 '서리' 라고 하지요. 아이들이 수
박 서리에 나서면 농부는 수박을 지키기 위해 밤
새 밭에 있어야 했지요. 그래서 밭 가운데에 원두
막을 짓게 된 거예요.

조상의 지혜를 배우는 속담 여행

〈꽁지 닷 발 주둥이 닷 발〉에서 오빠는 누이동생을 물어 간 새를 찾는 일이 무엇보다 가장 급한 일이었기 때문에 어떤 고생도 마다하지 않았어요. 여기에서 배울 수 있는 속담을 알아보아요.

목마른 놈이 우물 판다

가장 급하고 필요한 사람이 그 일을 서둘러 하게 되어 있다는 말이에요.

전래 동화로 미리 배우는 **교과서**

🐐 꽁지 닷 발, 주둥이 닷 발이나 되는 새는 무지 큰 새예요. 여러분이 아는 새 중에 가장 큰 새와 가장 작은 새는 어떤 것이 있는지 엄마와 함께 알아보세요.

🦜 오빠는 누이동생을 찾아 나서면서 어떤 일들을 겪었나요. 이야기해 보세요.

🐈 오빠는 누이동생을 큰 새가 사는 집에서 어떻게 구했는지 아래 그림을 순서대로 나열하고, 이야기해 보세요.